なでしこ・川柳

ワーストワン
趣味ナシ職ナシ
気力ナシ

老田花

青磁社

なでしこ・川柳

老田　花

季語切れ字
蹴散らかしての
五七五

もうアカン
勝負パンツが
アテントに

まだいける
アテントどうしの
恋もある

フォンテーヌ
アテントはいて
いざデート

ディープキス
心配なのは
花粉症

甘いキス
鼻汁まじって
どんな味？

いざ鎌倉
入れ歯磨いて
ピッカピカ

今はもう
三種の神器も
様変わり

ポリデント
アテント様に
フォンテーヌ

若作り

念入れるほど

墓穴掘る

カーリーヘアー
ついた渾名《あだな》が
牢名主

知るもんか！
「俺の昼飯
どうするねん」

死にはせん
一食二食
ぬいたとて

未亡人
はじめ同情
すぐ羨望

「おばあちゃん」
そう呼ぶ息子の
古希祝う

その通り
娘も息子も
パラサイト

パラサイト
すぐに親子で
よぼよぼに

料理ヘタ
掃除洗濯
まるでダメ

なさけなや
能がないから
爪伸ばす

さあ大変
化粧ポーチが
見当らない

厚化粧
塗っても取っても
人三化七《にんさんばけひち》

「じゃかましい
有ってても無うても
同んなじじゃ」

バリアフリー
ずっと前から
バリアフリー

そのとおり
声からぬは
どうしたことか

言わせたい
「バリアは君の
理性だよ」

春爛漫
伝統ハイテク
扱《こ》きまぜて

灰テクで
枯れ木に花を
咲かせたい

診察券
「一枚だけよ」と
母《はは》笑う

診察券
「一枚だけよ」と
姑《はは》嗤う

母《はは》と姑《はは》
字面《じづら》違えば
大違い

三姉妹

仲むつまじく

姦《かしま》しい

悪口も
そこ迄言うかの
凄《すさ》まじさ

地獄耳
ショック死すると
思いきや

姑・小姑
補聴器忘れて
また延命

陽水の
歌を頼りに
また探す

ぶじ誕生
母子ともすこやか
ほっとする

猿にしか
見えぬ初孫
ほめまくる

その通り
やっぱり気になる
目鼻だち

エンドレス
孫のお相手
ああしんど

来てうれし
バイバイする時
バイうれし

肌の色
白や黄色の
乱れ咲き

黄は国産
白はハーフで
ございます

お腹には
予定日待ってる
赤もいる

髪結うて
晴着もうれし
七五三

ホッとする
お猿もやっと
人並みに

孫もって
はじめてわかる
親の恩

DNA
望み託すは
突然変異

DNA
望み叶わず
鳶《とび》は鳶

オッパイを
寄せても上げる
肉がない

垂れきった
デカパイ上げる
気力なし

萎《しな》びたり
垂れ下ったりは
宿命《さだめ》なり

コンニャクも
へこまぬ腹に
オーマイ・GOD

頭から
水ブッ掛ける
夫の浮気

カッとして
熱い茶ブッ掛け
ズルムケに

思い知れ
死ぬまで彼は
ハゲ茶瓶

参ったか！
言わんばかりの
珍プレイ

ハイそれまで
何時もこの手で
うやむやに

夢叶い
三年がかりの
恋みのる

夢破れ
三月《みつき》もたずに
泥沼化

大好きも
あっという間に
大っ嫌い

一目みて
人生賭ける
値打ちなし

釣ったのも
釣られた方も
自己責任

栄転だ
四の五の言わず
ついて来い

栄転だ
妻は本社で
俺イラン

待ってくれ
いやでも俺が
ついて行く

秋深し
隣は何も
しない人

夫《つま》亡くし
のらりくらりで
またあした

ベストワン
亭主達者で
ズーーットン留守

ワーストワン
趣味ナシ職ナシ
気力ナシ

ブラックは
コーヒーだけとは
限らない

変な癖
ついてしまった
どうしよう

その通り
葬式行っても
五七五

孫悟空
クローン作りの
パイオニア

世が世なら
ノーベル賞も
夢じゃない

心配性
案じた末の
蚊帳の外

有難く
思う心が
福を呼ぶ

親孝行
しつくしたのに
親元気

散るお札《さつ》
残るお札も
散るお札

啄木よ
我れ泣き濡れて
ジッと札《さつ》みる

地震国
憂いあって
そなえなし

政界に
憂国の士は
見当らぬ

丁か半
アベノミクスに
願かける

平成の乱
伏見稲荷も
ギブアップ

兎より
亀になれよと
童謡《うた》は説《と》く

亀さんの
DNAでは
それは無理

デラックス
昔憧れ
今マツコ

悩みごと
ハムレットより
ダイエット

レディー蛾が
羽化《うか》れメタボで
イベリコに

三週間
出張過ぎて
ご主人帰る

なぜかしら
妙にはじらう
新婚さん

情けなや
男の甲斐性
浮気だけ

さて貴女《あなた》
女の甲斐性
どう見せる

人する日記《にき》
我もすなりと
思えども

飽き性で
恋も日記も
三日でパー

願わくは
狂い死により
焦がれ死に

煮魚も
サラダも好きな
君が好き

めくるめく
カルテの中で
する思い

寝乱れる
天城越えでは
さらさらに

考え過ぎ
クーラー切れた
熱帯夜

面白ろうて
やがて哀しき
競争馬

セピア色
友と写した
疎開先

蚤虱《のみしらみ》
一緒に暮らして
痒かった

赤頭巾
同居してたら
無事だった

その通り
別居したのが
運の尽き

色男
ジムに通って
マッチョマン

その通り
お金ないのは
玉に瑕

揉めに揉め
慰謝料払って
懐ピーピー

ケチくさや
夙《つと》に名高い
京のぶぶ漬け

鵺《ぬえ》が待つ
あな恐ろしや
奥座敷

長居せず
スタコラサッサと
逃げ帰れ

七十才
ローマでくどかれ
驚いた

何とまぁ
上には上が
九十才も

見くびるな
据え膳蹴飛ばす
撫子ＪＡ《ジャ》（パーン）

言うまいぞ
不作不作と
しゃら臭い

よっく聞け
悪妻持っても
ソクラテス

神じゃない
若気の至り
それで良い

地味か派手
病状たしかめ
友見舞う

耳遠く
トイレとお迎え
近くなり

人生は
まさかの坂の
九十九折

こう思え
終わり良ければ
全て良し

角とれて
丸くなったら
死にました

亡き我が背の君に

臥《ふ》した身で「今も好きか」と問う君の
か細き一言洩らさじと聞く

あとがき

この世に生を受けた私達はすべからくして、

人は皆荷物背負いて生まれ出る
背負って登る辛い坂道

背の荷物人に預けること出来ぬ
背負い続けて遠い道行く

年齢《とし》を重ねるごとに辛く味気ない現実が我が身に立ちはだかります。鬱々と重苦しい日々を送る折に、正に目から鱗が音をたて剝がれ落ちたのがシルバー川柳との出逢いでした。

戯れ歌は言うまでもなく字数は三十一文字です。一方川柳は十七文字です。この十四文字の差が私には巨大な乗り越えられない壁に思われました、けれども儘よと筆をとったところ全くもってそれは杞憂に過ぎませんでした。出来不出来は別としてなんとかこの『なでしこ・川柳』を刊行するに到りました。

お目通し頂きまして一刻《ひととき》なりともこの世の憂さを晴らして頂ければこの上なく幸せに存じます。

平成二十六年霜月吉日

老田　花

著者略歴

老田 花　（おいた・はな　旧筆名・間之町花）

1936年　京都市生まれ
2002年　歌集『サラダより煮魚～京女戯《ぎ》れを詠む』刊行
2010年　歌集『戯れ歌三昧』刊行

なでしこ・川柳

初版発行日　二〇一五年一月十五日
著　者　老田 花
定　価　一〇〇〇円
発行者　永田 淳
発行所　青磁社
京都市北区上賀茂豊田町四〇—一（〒六〇三—八〇四五）
電話　〇七五—七〇五—二八三八
振替　〇〇九四〇—二—一二四二二四
http://www3.osk.3web.ne.jp/~seijisya/
装　幀　中須賀岳史
印　刷　創栄図書印刷
製　本　新生製本

ISBN978-4-86198-297-2 C0092 ¥1000E